RELATION

DE

CE QUI SE PASSA DANS L'ÉLYSÉE

A L'ARRIVÉE DE PIERRE,

SUIVIE

D'UN DIALOGUE

ENTRE VERGNIAUD ET BAZIN.

SE VEND

Au Mans, chez RENAUDIN, imprimeur, rue des
Trois-Sonnettes, N.° 9.

Et chez les Marchands de Nouveautés.

MARS, 1818.

RELATION

CE QUI SE PASSA DANS L'ÉLYSÉE

A L'ARRIVÉE DE PIERRE.

Bazin vint, suivant sa promesse, reprendre Pierre à l'endroit où il l'avait laissé, et le conduisit à l'assemblée du grand bosquet. Tout le monde admira ce héros de l'amitié, qui n'avait pu supporter le fardeau de la vie après la mort de son maître. L'amitié est une vertu de laquelle on sent tout le prix dans l'Elysée, parce qu'on en goûte toutes les douceurs. On s'empressa autour de lui; on lui fit mille questions. La naïveté de son langage et la vivacité de ses réparties achevèrent de lui gagner tous les cœurs. La manière surtout dont il parla du petit trafic que font exercer, à leur profit, les missionnaires par des gens qui les suivent et leur appartiennent, sous les portiques des temples où ils débitent leurs sermons, réjouit beaucoup tout l'Elysée; ce n'était pas cette joie folâtre et bruyante dont les éclats se font si souvent entendre parmi nous; c'était au contraire une joie douce, noble, pleine de décence. La joie disparut et une gravité majestueuse lui succéda, lorsque Pierre leur apprit le refus obstiné que faisaient les missionnaires de prêcher l'amour du Roi de France et la fidélité à la charte constitutionnelle. Il n'y eût qu'une voix pour blâmer cette étrange conduite. Quoi! disaient-ils tous ensemble, deux sectes divisent malheureusement notre ancienne patrie, l'une religieuse que l'on appelle la Petite-Eglise, et l'autre que l'on pourrait appeler la Petite-Eglise *politique*. (Cette Eglise veut dire assemblée). Celle-ci est plus dangereuse que l'autre par son objet et par la qualité de ceux qui la composent; elle n'est pas moins contraire à la religion, laquelle ordonne formellement d'obéir aux lois et aux puissances : cependant ces messieurs respectent la dernière, et réservent tous les foudres de leur éloquence pour les lancer sur l'autre. Est-ce le respect humain qui les retient et les fait manquer à l'un de leurs principaux devoirs? un tel motif est indigne d'eux. Cet étrange silence vient-il d'une cause secrète que l'on n'ose avouer? la surprise change d'objet et n'en devient que plus grande. Comment le gouvernement laisse-t-il la liberté de parler à des

gens qu'une telle cause empêche d'élever la voix en
sa faveur ?

Comme ils parlaient ainsi, une ame nouvelle arriva
du Mans ; elle avait entendu ces dernières paroles, et
leur tint ce discours : Je vous apporte des nouvelles
plus récentes de la mission du Mans. Elle vient de faire
une procession aux tombeaux. Lorsque l'on fut arrivé
dans le cimetière , un missionnaire prononça un discours. Étendant successivement les bras de différens
côtés , il s'écria d'une voix forte et tonnante : Ci-gît
un libertin, là un voleur, plus loin un impie, etc. etc.
C'est, ce me semble, troubler indiscrètement les
cendres des morts, pour lesquelles toutes les nations
de la terre ont, dans tous les siècles, témoigné le plus
grand respect. C'est donner peut-être lieu à des in-
terprétations odieuses, malignes et capables de porter
la douleur dans le sein des familles. D'ailleurs, ceux
qu'enferme la tombe ont comparu devant le tribunal
du juge suprême et subi leur sentence. Les mortels doivent
se tenir dans un silence respectueux sur leur compte.

Téméraires qu'ils sont, ils condamneraient peut-
être celui qui a trouvé grâce devant Dieu. Je dirai,
à cette occasion, que les missionnaires cherchent plus
à faire craindre Dieu qu'à le faire aimer. Ils montrent
trop souvent à leurs auditeurs les griffes du diable
prêt à les saisir et à les déchirer ; comme si la peur de

l'enfer suffisait pour être sauvé. Ils peignent la vertu sombre et farouche : ils feraient mieux de la rendre aimable.

Le soir même de l'expédition du cimetière, un autre missionnaire fit un discours sur le pardon des offenses. Que ceux, s'écria-t-il à la fin du sermon, qui pardonnent aux personnes dont ils ont reçu des offenses, le déclarent à haute voix : il est obéi. Maintenant, ajouta-t-il ensuite : Que ceux qui pardonnent à leurs ennemis se lèvent : tout le monde se leva. Cependant il paraît certain que parmi cette multitude d'auditeurs, le pardon de plusieurs d'entr'eux ne fut rien moins que sincère. Le prédicateur les força donc à faire un mensonge *d'action* dans le temple du Seigneur. Ces mots suffisent pour faire apprécier une pareille *évolution*. Bossuet, Bourdaloue, Massillon n'en ont jamais fait usage. Je ne crois même pas que l'on en puisse trouver le modèle chez aucun des missionnaires des deux derniers siècles.

Ces messieurs ont encore jugé à propos de blâmer, dans un de leurs sermons, la manière dont on enseigne la religion dans le collége de la ville. C'est peut-être parce que le principal de cet établissement ne prescrit pas de menues pratiques de dévotion, et ne vend pas de petits habits de la Vierge à ses pensionnaires. S'il en est ainsi, je ne crois pas que cet homme éclairé fasse cesser ce scandale.

(7)

J'ai parlé des missionnaires avec la franchise qui convient à un habitant de l'Élysée. Au surplus, je rends justice à leur zèle et à leurs talens. (1)

Toute l'assemblée approuva les réflexions du nouveau venu. Bazin et Vergniaud (2), qui s'étaient liés d'une amitié particulière, demeurèrent ensemble avec le fidèle Pierre.

Bazin et Vergniaud ne s'étaient pas formé pendant leur vie la même idée de la liberté. Mais les esprits se concilient aisément dans l'Élysée, où les passions ne les divisent plus. Ils s'accordèrent tous deux à dire que le gouvernement républicain, lequel est bon pour certains peuples, ne convient nullement aux Français ; ils citèrent même plusieurs publicistes célèbres, et ardens amis de la liberté, qui regardaient la monarchie cons-

―――――――――――――――――――

(1) On apperçoit quelquefois des taches dans les choses les plus brillantes. (*Note de l'éditeur.*)

(2) Vergniaud, avocat de Bordeaux, était l'orateur le plus éloquent de la Convention nationale. Robespierre, de sanglante mémoire, qui avait formé le projet de se saisir du pouvoir souverain, sentit que Vergniaud et ses amis lui opposeraient une barrière insurmontable : il entreprit de les perdre, et en vint à bout. Vergniaud et vingt de ses amis furent traduits devant le plus inique des tribunaux, condamnés à mort et immolés le même jour. Ainsi Robespierre fit tomber sur des hommes vertueux le supplice dont lui seul était digne.

titutionnelle comme le plus parfait de tous les gouver‑
nemens.

Ensuite Vergniaud, Bazin et Pierre allèrent s'asseoir à l'ombre d'un bocage de myrthe, près d'un ruisseau dont les bords étaient émaillés de fleurs odoriférantes, et dont les flots purs et cristallins roulaient avec un doux murmure sur un sable doré. Un nombre infini d'oiseaux charmaient les yeux par l'éclat varié de leur parure, et les oreilles par la douceur de leur chant. Ce fut dans cet endroit délicieux que Bazin et Vergniaud s'entretinrent de la manière suivante, en présence de Pierre, qui leur prêta l'oreille la plus attentive.

VERGNIAUD.

Il m'est revenu que vous n'admettiez que deux partis en France? (3)

BAZIN.

Il est vrai que la France se divise d'abord en deux partis, savoir : le parti des amis de la charte constitu‑
tionnelle et celui de ses ennemis. Les premiers se par‑
tagent en ministériels et anti-ministériels. On a donné à ceux-ci le nom vague d'indépendans. M. de Château‑
briand s'est empressé d'adopter ce nom ; mais il n'en

____

(3) Voyez le Dialogue entre Bazin et Philippeau, numéro premier.

est pas l'inventeur, comme je le croyais. Il y a, outre cela, des enfans perdus qui, vu leur petit nombre, ne méritent pas d'entrer en ligne de compte.

VERGNIAUD.

Quoi! il y a donc des Français assez aveugles pour ne vouloir point de la charte que le roi a octroyée à son peuple, monument précieux qui fera bénir sa mémoire dans les âges futurs.

BAZIN.

Cela n'est malheureusement que trop vrai. Je l'ai défendue avec un courage digne d'un bon Français; ce qui a augmenté le nombre de mes ennemis.

VERGNIAUD.

Quelles sont les raisons d'une prévention si funeste et d'un aveuglement si étrange?

BAZIN.

Les raisons se diversifient comme les préjugés et les intérêts.

Les dévots de l'antiquité ne veulent point de la charte, par cela seul qu'elle est nouvelle. Les Français en général n'aiment guère les nouveautés qu'en fait de modes. Combien l'inoculation a-t-elle eu de peine à s'établir parmi eux! Combien la vaccine même, cette pratique si simple et si utile, a-t-elle rencontré de con-tradicteurs !

VERGNIAUD.

Toute découverte est une innovation. Ainsi, pros-crire indistinctement toute innovation, c'est arrêter l'essor du génie; c'est mettre des obstacles au bonheur et poser des bornes au perfectionnement de l'espèce humaine. Si l'on eut toujours pensé ainsi, les hommes habiteraient encore aujourd'hui les antres des forêts, ne mangeraient que du gland et ne boiraient que de l'eau. Quoiqu'en ait dit un philosophe sensible, mais chagrin, lequel a été assez frappé de quelques incon-véniens inséparables de l'ordre social, pour regretter les bois et la vie sauvage, les hommes en seraient bien plus misérables.

BAZIN.

Il est d'autres citoyens qui voudraient non seulement recouvrer leurs biens et leurs priviléges, mais même établir une sorte d'oligarchie où ils pourraient oppri-mer les paysans à leur gré, et les réduire, comme autrefois, en esclavage. Telles paraissent être les vues de M. de Châteaubriand.

(Ici Pierre oublia pendant un moment qu'il était dans l'Élysée; il se laissa entraîner par son zèle pour les habitans des campagnes ;)

« Non, s'écria-t-il, les paysans ne se laisseront pas *brider* par les nobles ; ils n'ont plus de bouche pour leur frein, ils la réservent à un plus noble usage. Pendant que j'étais dans la demeure des vivans, je lisais quelques écrits de M. de Châteaubriand, que me prêtait notre curé. J'avoue que je n'y comprenais pas grand chose. Je trouvais que le noble écrivain ne parlait pas comme les autres hommes ; son langage avait à mes yeux quelque chose de mystérieux. Aujourd'hui que mon intelligence s'est perfectionnée dans ce séjour de lumières, je juge que ses expressions figurées, convenables dans des poëmes en prose, sont entièrement déplacées dans des discussions politiques. Si les paysans repoussent le joug que leur offre si libéralement M. de Châteaubriand, ils sont entièrement soumis à leur bon roi ; ils aiment sa personne et non ses trésors ; ils le vénèrent ; ils sont disposés à obéir aux dépositaires de son autorité ; ils ne connaissent point l'art de séparer le roi de sa volonté ; ils abandonnent ces subtilités à messieurs de Châteaubriand et de Bonald. Ils laissent ce dernier exploiter à son gré la mine friande des abstractions, et se perdre dans la région des chimères où il a eu le rare bonheur de trouver le despotisme. Un paysan de mes voisins osait contredire un jour un gentilhomme. Celui-ci, qui n'avait pas raison, indigné de cette audace inusitée, lui dit ces propres paroles : Gueux que tu es, je te donnerais cent coups de bâton. Ma foi, monsieur, lui répondit le paysan sans s'émouvoir, vous n'auriez pas le temps de les compter. Tous les autres paysans pensent aujourd'hui comme celui-là, sans être capables de s'exprimer avec la même finesse. Que M. de Bonald dise à présent s'il serait facile de façonner de telles gens au joug du despotisme.

Vergniaud et Bazin rirent beaucoup de la sortie de Pierre, de l'à-propos de son histoire, et de la confiance avec laquelle il critiquait deux des meilleurs écrivains et des plus beaux génies de la nation. Ils reprirent ensuite leur entretien.

BAZIN.

Des citoyens d'un autre ordre sont blessés de l'article qui permet l'exercice de tous les cultes. Ils croient qu'il faudrait punir une erreur de bonne foi et un mauvais syllogisme des mêmes peines que l'on inflige aux plus grands forfaits. Il faut, disent-ils, venger Dieu, comme si Dieu n'était pas assez puissant pour se venger sans leur ministère. Ils damnent impitoyablement quiconque ne pense pas comme eux, et ils regrettent l'horrible pouvoir d'être les précurseurs des démons.

VERGNIAUD.

Cependant rien n'est plus conforme que la tolérance à l'esprit de l'Évangile et à la douceur de Jésus-Christ. Tous les docteurs des premiers siècles de l'église, et dans les temps modernes, l'illustre Fénélon, ont été les apôtres de cette vertu. La Sorbonne, il est vrai, soutint l'intolérance au milieu du dix-huitième siècle: je crois même qu'elle est morte dans l'impénitence finale. Mais la Sorbonne n'était point infaillible; elle le fit bien voir sous Henri III, lorsqu'elle donna en l'an 1589 le fameux décret par lequel il fut déclaré que les sujets étaient déliés de leur serment de fidélité, et pouvaient légitimement faire la guerre au roi. Ces docteurs étaient catholiques!!!

BAZIN.

Enfin, qui le croirait? il est des hommes qui aiment le pouvoir absolu et regrettent les douceurs de l'esclavage. Ils ne savent pas distinguer la soumission de la servitude. Ils oublient les Tibère, les Caligula, les Néron, les Domitien, et tant d'autres monstres dont les chaînes ont accablé et les crimes épouvanté l'univers pendant plusieurs siècles. A la bonne heure, qu'ils soient reptiles tant qu'il leur plaira, personne ne leur enviera cette douce jouissance, pourvu qu'ils permettent aux autres de marcher. Mais M. de Bonald va plus loin; il ordonne, de par Dieu, aux Français d'être esclaves. On ne peut, selon lui, entrer en paradis qu'en rampant. Il dit anathême à tous les clairvoyans, et les damne de sa pleine autorité, s'ils ne consentent à se laisser crever les yeux. La région des abstractions était devenue déserte depuis bien des années : il a entrepris de la repeupler. Mais il n'est plus temps; il n'y réussira pas. Platon, lui-même, s'il revenait au monde, n'en viendrait pas à bout avec toute son éloquence.

Voilà les ennemis de toutes les couleurs qui rejettent notre belle charte. Je crois avoir satisfait à votre question.

VERGNIAUD.

Agréez-en mes remercîmens.

BAZIN.

La plupart des ennemis de la charte le sont aussi des premiers dépositaires de l'autorité royale. L'un d'entr'eux dédaigne, dit-il, de *profiter de sa renommée* pour trafiquer de ses écrits. Mais il voudrait bien en profiter pour arriver à la tête du ministère, ce qui serait en effet bien plus *profitable.* En conséquence il dirige force traits contre les ministres du roi qui veulent, avec raison, maintenir la charte comme le *Palladium* de la France, et comme un monument immortel de la gloire du prince; et, chose singulière, il attache des fleurs à ses flèches pour blesser et pour plaire à la fois. L'autre manie avec vigueur l'arme redoutable du syllogisme, et cherche à écraser ses adversaires du poids de sa logique. Autour de ces deux chefs se rangent des troupes légères, dont la plupart des traits, lancés d'une main peu sûre, se perdent dans les airs, et dont quelques-uns pourtant tombent sur le trône.

Nota. Nous donnerons dans la suite un léger aperçu du système de M. le vicomte de Bonald, en faveur du despotisme qu'il prétend être, non seulement d'institution, mais même fondé sur l'essence des êtres.

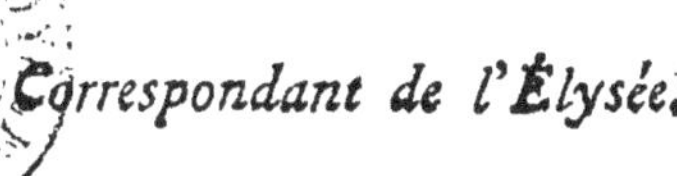

Le Correspondant de l'Élysée.

DE L'IMPRIMERIE DE RENAUDIN, RUE DES TROIS-SONNETTES.